ANIMAIS

HORA DE COLORIR!

LEVE CADA UM DOS ANIMAIS ATÉ SUA RESPECTIVA **REFEIÇÃO** PARA ALIMENTÁ-LOS.

Resposta na página 28.

OBSERVE ATENTAMENTE AS IMAGENS E ENCONTRE AS **CINCO DIFERENÇAS** ENTRE ELAS.

①

②

Resposta na página 28.

AJUDE O COELHO A PERCORRER O LABIRINTO PARA **CHEGAR** ATÉ AS DELICIOSAS CENOURINHAS!

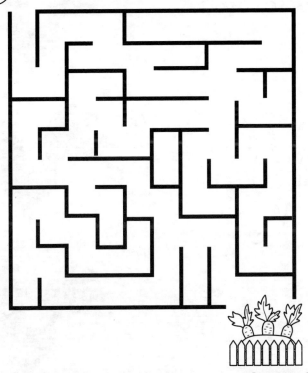

Resposta na página 28.

QUAL DAS SOMBRAS É **EXATAMENTE IGUAL** À IMAGEM DO GALO?

(A)

(B)

(C)

RESPOSTA: A

VOCÊ SABE QUAL É O **SOM** QUE A VACA FAZ? E O PATO?
LIGUE CADA ANIMAL ABAIXO AO SOM QUE ELE FAZ.

- PIU-PIU!

- ÓINC-ÓINC!

- PÓ-PÓ!

- MUUUU!

Resposta na página 28.

HORA DE COLORIR!

CIRCULE O **ÚNICO** GATINHO **DIFERENTE**.

VAMOS CONTAR OS ANIMAIS? **LIGUE** CADA CONJUNTO À **QUANTIDADE** CORRESPONDENTE.

 4

 3

 2

 1

Resposta na página 28.

COMPLETE A CRUZADINHA COM O NOME DOS ANIMAIS ABAIXO.

Resposta na página 29.

OS ANIMAIS ESTÃO PROCURANDO SEUS FILHOTES! AJUDE-OS A SE **ENCONTRAR**.

HORA DE COLORIR!

BORBOLETAS SÃO ANIMAIS LEVES E ENCANTADORES. OBSERVE A IMAGEM E, USANDO O QUADRO, **DESENHE** UMA DELAS.

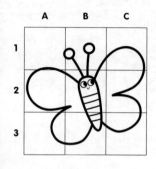

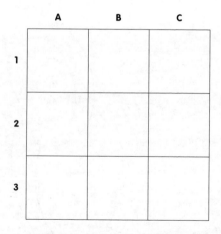

OBSERVE A CENA ABAIXO E CIRCULE **A PEÇA QUE FALTA** PARA COMPLETÁ-LA.

(A)

(B)

(C)

RESPOSTA: B.

15

LIGUE OS PONTOS E **DESCUBRA** QUAL ANIMAL TEM UMA BOCA ENORME E CHEIA DE DENTES!

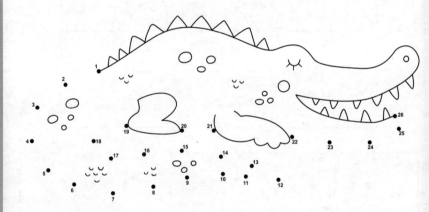

HORA DE COLORIR!

HORA DE COLORIR!

ENCONTRE NO CAÇA-PALAVRAS O NOME DOS ANIMAIS ABAIXO.

MACACO · FLAMINGO · ELEFANTE · BORBOLETA · GIRAFA

S	D	F	O	H	J	K	L	M	N
A	Q	W	G	I	R	A	F	A	B
B	O	Z	X	C	V	N	A	C	O
F	L	A	M	I	N	G	O	A	R
C	G	R	T	Y	U	Q	A	C	B
A	O	E	P	G	C	O	N	O	O
X	K	L	Z	J	A	C	A	Y	L
I	A	Z	Q	W	S	X	E	D	E
E	L	E	F	A	N	T	E	N	T
R	F	V	T	B	H	N	Y	J	A

Resposta na página 29.

LEVE O PINTINHO PELO LABIRINTO ATÉ A MAMÃE GALINHA!

Resposta na página 29.

HORA DE COLORIR!

AJUDE A GIRAFA **A CHEGAR** NAS DELICIOSAS FOLHAS!

Resposta na página 30.

HORA DE COLORIR!

OBSERVE ATENTAMENTE AS IMAGENS E ENCONTRE AS **CINCO DIFERENÇAS** ENTRE ELAS.

(1) (2)

24

Resposta na página 30.

ENCONTRE NO CAÇA-PALAVRAS O NOME DOS ANIMAIS ABAIXO.

LEÃO · CAMALEÃO · JACARÉ · TUCANO · HIPOPÓTAMO

S	D	F	O	H	J	K	L	C	J
A	Q	W	G	I	R	A	F	A	A
B	O	Z	X	P	V	N	A	M	C
F	L	E	Ã	O	N	G	O	A	A
C	G	R	T	P	U	Q	A	L	R
A	O	E	P	Ó	C	O	N	E	É
X	K	L	Z	T	A	C	A	Ã	L
I	T	U	C	A	N	O	E	O	E
J	K	A	I	M	E	T	E	N	T
R	F	V	T	O	H	N	Y	J	A

Resposta na página 30.

25

OBSERVE AS IMAGENS E **JUNTE** OS ANIMAIS COM AS SUAS RESPECTIVAS CAUDAS!

①

②

③

④

Ⓐ

Ⓑ

Ⓒ

Ⓓ

RESPOSTA: 1-C; 2-D; 3-A; 4-B.

26

HORA DE COLORIR!

RESPOSTAS

PÁGINA 3

PÁGINA 4

PÁGINA 5

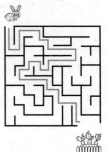

PÁGINA 7

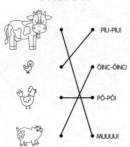

PÁGINA 10

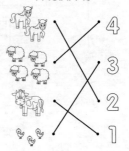

RESPOSTAS

PÁGINA 11

PÁGINA 12

PÁGINA 19

PÁGINA 20

RESPOSTAS

PÁGINA 22

PÁGINA 24

PÁGINA 25

S	D	F	O	H	J	K	L	C	J
A	Q	W	G	I	R	A	F	A	A
B	O	Z	X	P	V	N	A	M	C
F	L	E	A	O	N	G	O	A	A
C	G	R	T	P	U	Q	A	L	R
A	O	E	P	O	C	O	N	E	E
X	K	L	Z	T	A	C	A	A	L
I	T	U	C	A	N	O	E	O	E
J	K	A	I	M	E	T	E	N	T
R	F	V	T	O	H	N	Y	J	A